Analyse de l'œuvre

Par Isabelle Defossa
et Apolline Boulanger

L'Amant

de Marguerite Duras

lePetitLittéraire.fr

Rendez-vous sur lepetitlitteraire.fr et découvrez :

Plus de 1200 analyses
Claires et synthétiques
Téléchargeables en 30 secondes
À imprimer chez soi

MARGUERITE DURAS

ÉCRIVAINE, DRAMATURGE ET CINÉASTE FRANÇAISE

- **Née en 1914 à Gia Dinh (Indonésie)**
- **Décédée en 1996 à Paris**
- **Quelques-unes de ses œuvres :**
  - *Un barrage contre le Pacifique* (1950), roman
  - *Moderato cantabile* (1958), roman
  - *Le Ravissement de Lol V. Stein* (1964), roman

Marguerite Duras, née Donnadieu en Cochinchine (ancienne région de l'Indochine française), est l'un des auteurs les plus marquants de la seconde moitié du xxe siècle. Prônant une écriture épurée, elle utilise des personnages récurrents et établit l'ensemble de son œuvre autour des thèmes fondamentaux de la mémoire et de l'oubli, ainsi que de la réécriture et de la destruction.

Ses romans les plus célèbres et les plus étudiés sont *Un barrage contre le Pacifique*, *Moderato cantabile* et *L'Amant*. Elle s'adonne aussi au théâtre (*La Musica*, *L'Éden cinéma*) et au cinéma, où elle impose un style très personnel et radical (*India Song* ; *Détruire, dit-elle* ; *Le Camion*).

L'AMANT

UNE INITIATION AMOUREUSE

- **Genre :** roman
- **Édition de référence :** *L'Amant*, Paris, Éditions de Minuit, 1984, 145 p.
- **1re édition :** 1984
- **Thématiques :** amour, initiation, Indochine, société coloniale

Publié en 1984, *L'Amant* remporte le prix Goncourt la même année. Ce roman autobiographique raconte l'histoire d'une adolescente française vivant en Indochine et sa rencontre avec un jeune héritier chinois qui déterminera le reste de sa vie. Avec lui, elle découvre les plaisirs charnels. Cette relation, proscrite par la famille de la jeune fille, par le père du garçon et par la société coloniale, prend fin lorsque l'adolescente doit rentrer en France, laissant derrière elle son amant toujours épris d'elle.

Ce roman a connu un succès hors-norme : il a été tiré à près de trois-millions d'exemplaires et traduit dans plus de quarante langues.

RÉSUMÉ

À l'automne de sa vie, une femme revient sur sa liaison d'un an et demi avec celui qui a été son premier amant.

LA RENCONTRE

Dans les années trente, une jeune fille âgée de 15 ans et demi vit en Indochine française avec sa mère et ses deux frères. Son père est mort lorsqu'elle était encore jeune. Elle est inscrite au lycée français et est en pension dans l'État de Saigon. Dans la même pension vit Hélène Lagonelle, plus âgée de deux ans, qui constitue pour la narratrice une source d'attirance physique.

À la fin des vacances scolaires, alors que la jeune fille traverse un bras du fleuve Mékong, pour se rendre de Sadec à sa pension de Saigon, elle aperçoit sur le bac une limousine noire depuis laquelle un homme très élégant la regarde. Vêtu à l'européenne, il n'est pourtant pas blanc : c'est un Chinois, qui deviendra son premier amant. Il ne tarde pas à l'aborder et, une fois les présentations faites, il lui propose de la raccompagner à Saigon dans sa limousine, ce qu'elle accepte sans en être particulièrement réjouie. À partir de ce moment, pourtant, l'adolescente sera toujours conduite du lycée à sa pension dans cette voiture et dinera dans les endroits les plus élégants de la ville avec le Chinois.

LA LIAISON

Un jour, le jeune homme l'emmène dans son studio à Cholen,

capitale chinoise de l'Indochine française. Dorénavant, c'est là qu'ils se retrouvent pour faire l'amour en secret. Par cet acte, la jeune fille a l'impression d'approfondir sa connaissance de Dieu. Il l'aime comme un fou tandis qu'elle le désire, en partie pour son argent. Mais ils ne parlent jamais d'eux, conscients que leur relation est sans avenir : ils ne sont ni de la même culture ni du même milieu. En outre, la jeune fille a 12 ans de moins que son amant. Par ailleurs, le père de ce dernier s'oppose formellement à leur union. Ayant prévu de marier son fils à une riche héritière chinoise, il veut renvoyer l'adolescente en France : celle-ci ne s'y oppose pas, et il finit par obtenir gain de cause.

La mère de la jeune fille, quant à elle, a une attitude ambigüe : lorsqu'elle découvre que sa fille fréquente un riche Chinois, elle suspecte qu'ils couchent ensemble et, encouragée par son fils ainé, bat l'enfant qui la déshonore. Mais son attrait pour l'argent a raison de sa méfiance et, après avoir été prévenue des absences régulières de sa fille, elle demande à la directrice de la pension de la laisser aller et venir à sa guise. Cependant, lorsque le Chinois finit par rencontrer la famille de la jeune fille, aucun de ses membres ne lui adresse la parole, bien qu'ils n'aient pas hésité à profiter de son argent. Bientôt, le Chinois offre à la jeune fille, dont il est passionnément épris, une bague composée d'un diamant de très grande valeur. Cela met fin aux remarques des surveillantes de la pension, non pas parce que la jeune fille le porte à l'annulaire de la main gauche, doigt auquel se porte habituellement la bague de fiançailles, mais en raison de la très grande valeur du bijou.

LE DÉPART POUR LA FRANCE

En 1931, après son deuxième bac, la jeune fille, désormais âgée de 18 ans, quitte Saigon et repart en France en bateau. Dès le moment où la date de son départ est fixée, les amants continuent de se voir, mais sans faire l'amour, l'amant ne s'en sentant plus capable. Au départ du bateau, elle pleure sans le montrer à sa famille et regarde son amant s'éloigner. Son voyage durera vingt-quatre jours.

En 1942, son plus jeune frère, alors âgé de 27 ans, meurt d'une bronchopneumonie. La jeune fille voit son décès comme un assassinat dont le coupable serait le frère ainé. Ce dernier est sournois, colérique et profiteur, et ses menaces, maltraitances et injures auraient rendu fragile et sensible le cadet, causant ainsi sa mort.

Sept ans plus tard, sa mère revient vivre en France et termine ses jours dans le Loir-et-Cher, en compagnie de celle qui a toujours été sa gouvernante, Dô, et de son fils, auquel elle lègue la majorité de ses biens. Une vingtaine d'années plus tard, celui-ci décèdera à son tour, après avoir vécu dans la solitude.

À Paris, la narratrice fréquente les salons de Marie-Claude Carpenter ou de Betty Fernandez, peuplés de littérateurs. Son amant, quant à lui, s'est marié avec la richissime Chinoise, originaire comme lui de la ville de Fou-Chouen, qui lui était destinée depuis dix ans par son père. Les années passent et il lui donne un héritier. Longtemps après la guerre, il se rend à Paris avec sa femme et téléphone à la narratrice pour lui dire qu'il l'aimera jusqu'à sa mort.

ÉTUDE DES PERSONNAGES

LA NARRATRICE

La narratrice dans *L'Amant* est une vieille femme. La narration se fait à la première personne du singulier et est interne à l'histoire. Elle évoque le moment présent, mais revient surtout sur son passé dont elle essaye de se souvenir. On distingue donc deux personnes issues d'époques différentes.

Présent : La vieille femme

La vieille femme est celle qui raconte l'histoire. Elle appartient au présent. Auparavant alcoolique, mère d'un fils désormais adulte, elle perd son premier enfant mort-né peu avant le décès de son frère cadet. À partir d'une remarque faite sur son visage « dévasté » (p. 9), elle cherche l'origine de ces marques profondes laissées par le temps et l'alcool, et revient sur le moment qui selon elle a déclenché sa métamorphose : *l'experiment*. Ce terme vient du latin *experimentum* (« essai », « tentative », « épreuve ») qui signifie « expérience » en anglais. Il renvoie directement à la première expérience amoureuse de la jeune fille. Toutefois, il peut également être vu comme une expérience de l'écriture : il symbolise une étape cruciale de la vie de la vieille femme, étape qui devient un lieu d'expérimentation où l'auteure met à l'épreuve l'écriture.

Passé : La jeune fille

La narratrice se replonge donc dans son passé et évoque l'époque à laquelle elle était encore une jeune fille de quinze ans et demi, à la fin des années vingt.

Issue d'une famille de coloniaux, elle vit en Indochine avec sa mère et ses deux frères ; son père est décédé. Haïssant son grand frère, elle voue un amour inconditionnel et protecteur au cadet qu'elle protège de l'ainé. Elle qualifie sa mère de folle mais est triste de ne pas la voir heureuse. Élève au lycée de Saigon, elle est envoyée, durant la semaine, dans un pensionnat pour filles. Le temps semble s'arrêter sur un moment crucial et déterminant de sa vie : la traversée du fleuve Mékong. La jeune fille possède alors plusieurs attributs :

- elle porte un chapeau d'homme en feutre, couleur bois de rose, accompagné d'un ruban noir ;
- elle est vêtue d'une robe de soie blanche presque transparente et décolletée qui appartenait auparavant à sa mère ;
- autour de sa taille, elle a noué une ceinture empruntée à l'un de ses frères ;
- aux pieds, elle a des chaussures de ville noires à strass, lamées d'or ;
- elle est maquillée comme une femme ;
- ses longs cheveux sont tressés en deux nattes retombant devant ses épaules ;
- elle n'est pas parfumée mais sent le savon et l'eau de Cologne.

Ceux-ci marquent plusieurs contradictions chez le personnage. Elle est vêtue et fardée comme une femme, mais porte encore ses nattes d'enfant et les fragrances de la maison. De sa tenue, rien ne lui appartient en propre (elle porte un chapeau d'homme, une robe de sa mère, une ceinture de ses frères, un rouge à lèvres volé par une amie) : le lecteur comprend qu'elle se trouve à un moment charnière de sa vie entre l'enfance et le monde adulte. C'est cette tenue singulière qui attirera le regard de l'amant lors de la traversée sur le bac. Cet évènement provoquera la métamorphose de la jeune fille, son émancipation progressive et son départ pour la France.

LE CHINOIS DE CHOLEN

Le Chinois est vêtu d'un costume clair et élégant. Possédant une limousine noire avec chauffeur, il est présenté d'emblée comme un homme riche, mais aussi peureux. Il rencontre la jeune fille sur le bac lors de la traversée du fleuve et l'aborde timidement.

Plusieurs différences les séparent. Il est Chinois, riche, autonome car déjà adulte (environ 27 ans), alors que la jeune fille est française, pauvre malgré les apparences et dépend de sa mère et du bus indigène pour se déplacer. Il est le fils unique et héritier d'un homme faisant partie de la minorité chinoise de Cholen et possédant une grande partie de l'immobilier dans le secteur. C'est le seul parent qu'il lui reste, tandis qu'elle possède deux frères et vit avec sa mère. Rappelé de Paris par son père après avoir débuté des études de commerce, il est destiné à une riche héritière chinoise de Fou-Chouen (Chine du Nord).

Amoureux de la jeune fille, il lui offre l'*experiment* – l'accès aux plaisirs charnels – et le confort de la richesse. Contrairement à lui, elle n'est pas amoureuse et semble le désirer surtout pour son argent et l'indépendance qu'il incarne : même lorsqu'elle désire son corps, c'est surtout à son argent qu'elle pense :

> « Il sent bon la cigarette anglaise, le parfum cher, il sent le miel, à force sa peau a pris l'odeur de la soie, celle fruitée du tussor de soie, celle de l'or, il est désirable. » (p. 54)

C'est donc lui qui symbolise le rite de passage. Son rôle donne d'ailleurs le titre du roman, accentuant la focalisation de l'histoire sur un moment charnière, dans la vie de la narratrice, qu'il lui permet de franchir :

- il l'aide à achever la traversée du bac en l'accompagnant et l'invitant dans sa voiture ;
- il lui fait découvrir l'*experiment*, le désir et les plaisirs de l'amour ;
- il lui apporte une indépendance vis-à-vis de sa famille ;
- leur histoire, figée dans le temps, fait ressortir une forme d'amour impossible qui sera éternel (la narratrice s'en rend compte une fois sur le bateau qui la ramène en France ainsi que des années plus tard, lorsqu'il viendra la trouver à Paris pour lui dire que ses sentiments n'ont pas changé).

LA MÈRE

La mère est directrice et institutrice à l'école des filles à Sadec. Une concession achetée au Cambodge l'a ruinée. Humiliée et ayant perdu son mari, elle tombe dans une sorte de folie. Lasse de la vie, à certains moments, elle n'habille ni ne nourrit ses enfants.

Son attitude envers eux est d'ailleurs disproportionnée. Elle montre sa préférence pour son fils ainé. C'est à lui qu'elle achète une propriété près d'Amboise et qu'elle lègue la majorité de la richesse qui lui reste. Son comportement face à son autre garçon est proche de l'indifférence ; quant à sa conduite envers sa fille, elle est ambigüe. Elle approuve et désapprouve son comportement :

- d'une part, elle a peur que sa fille ne s'établisse jamais dans la société. Ayant elle-même suivi son parcours scolaire à l'École normale supérieure, elle veut que sa fille aille dans le secondaire pour obtenir ensuite une agrégation en mathématiques. Elle se désole donc de voir que celle-ci est meilleure en français qu'en mathématiques et s'oppose à ce qu'elle devienne romancière. Influencée par son fils ainé, elle bat sa fille lorsqu'elle apprend sa relation avec le Chinois ;
- d'autre part, elle accepte parfois les extravagances de sa fille et la défend devant la directrice lorsque celle-ci lui annonce que sa fille ne revient que rarement à la pension.

LE FRÈRE AINÉ

Le frère ainé est le seul de la fratrie que la mère appelle « mon enfant » (p. 75). Pourtant, dès ses premières évocations par la narratrice, il est présenté comme celui qui fait le mal, comme l'assassin du petit frère, le dictateur de la famille qui influence la mère et profite des richesses qu'il lui reste :

> « Je voulais tuer, mon frère ainé, je voulais le tuer [...] pour enlever de devant ma mère l'objet de son amour, ce fils, la

| punir de l'aimer si fort, si mal [...]. » (p. 13-14)

Lorsqu'il quitte la maison de Sadec, les lieux sont purifiés par l'eau, nettoyés, assainis.

Figure démoniaque, il est apparenté au mal, au diable, mais aussi à la guerre pendant laquelle sa sœur le suspecte d'ailleurs de collaboration et le compare au conflit mondial : « Je confonds le temps de la guerre avec le règne de mon frère aîné. » (p. 78)

Il entretient avec la mère une relation malsaine, presque incestueuse :

- quand il parle à sa mère, sa voix est « feutrée, intime, caressante » (p. 73) ;
- c'est lui qui l'incite à battre sa fille quand elle découvre sa relation avec le Chinois, et qui, de l'autre côté de la porte, prend plaisir à l'écouter passer à l'acte ;
- considéré comme son unique enfant, il sera mis en terre auprès de sa mère, prenant la place d'ordinaire réservée au mari.

Le lien qui l'unit à la mère ne semble pas pouvoir être rompu, même dans la mort : il dépend entièrement d'elle, de ses richesses – qu'il dilapide progressivement, perdant la part la plus importante aux jeux en une nuit. Il ne parvient pas à se séparer d'elle, incapable d'acquérir une indépendance : il volera plusieurs personnes (dont sa sœur) avant de trouver son premier travail à l'âge de 50 ans.

LE JEUNE FRÈRE, PAULO

Le jeune frère, contrairement au frère ainé, est présenté comme une figure chétive et angélique. Son prénom, Paulo, est le seul à être dévoilé (p. 98). Il est de deux ans plus âgé que la narratrice. Elle le considère pourtant comme son « petit frère » (p. 13) qui a besoin de sa protection face au plus grand qui, selon elle, l'affaiblira et causera indirectement sa mort pendant la guerre, lorsqu'il attrapera une bronchopneumonie. Sa disparition est vue comme un sacrifice, faisant de lui un « martyr » (p. 72). Il est « rappelé à Dieu » (p. 127) et est comparé à un saint, un enfant immortel qui quitte pourtant la vie. La narratrice gardera d'ailleurs de lui l'image d'un homme faible, d'un enfant qui n'a pas achevé sa croissance, car alors même qu'il devient indépendant, il possède toujours une « écriture d'enfant » (p. 127).

L'amour que lui porte la jeune fille est presque comparable à celui que la mère porte à son premier fils, mais a ici quelque chose de sacré et d'immortel : « Cet amour insensé que je lui porte reste pour moi un insondable mystère. » (p. 129)

LES PERSONNAGES SECONDAIRES

Les personnages secondaires sont les seuls à être nommés, Paulo mis à part.

Hélène Lagonelle

Hélène Lagonelle est en pension, comme la narratrice. Elle a 17 ans, et est décrite comme étant belle et désirable. Relativement proche d'elle, elle l'attend et s'inquiète quand la jeune fille ne revient pas. Sa famille habite les hauts plateaux de Dalat ; son père est fonctionnaire des postes. Elle est destinée à un mariage arrangé par ses parents, sans pouvoir se forger une expérience propre avant cela. Elle est naïve, obéissante et inconsciente de son charme – elle exercera d'ailleurs une certaine fascination chez la narratrice. Elle incarne les bonnes manières de la société occidentale.

Dô

Dô est la gouvernante de la famille de la narratrice. Très fidèle à la mère, elle l'accompagnera en France et restera à son chevet jusqu'à sa mort, malgré la conduite déshonorante que le frère ainé a pu avoir envers elle par le passé.

Marie-Claude Carpenter et Betty Fernandez

Ces deux femmes de lettres, belles sans artifices, ont inspiré beaucoup de respect à la narratrice. Rencontrées à Paris et ne faisant qu'une brève apparition dans le roman, toutes deux organisent des salons littéraires et lui permettent de faire ses premières rencontres et ses premiers pas dans la vie intellectuelle française.

CLÉS DE LECTURE

UN STYLE PROCHE DU NOUVEAU ROMAN

Une des caractéristiques principales de Marguerite Duras est son écriture dépouillée. L'auteure fait l'économie des mots, leur préférant le silence, ce qui rend le texte à la fois incisif et poétique.

Outre la concision des phrases, le style de Duras dans *L'Amant* se caractérise également par sa rupture avec la facture romanesque classique qu'elle avait utilisée dans d'autres romans comme *Un barrage contre le Pacifique* ou *Le Marin de Gibraltar*. Ce rejet des conventions lui a d'ailleurs valu d'être classée parmi les nouveaux romanciers. Ce groupe actif durant les années cinquante désire renouveler l'acte d'écriture et les lois du roman traditionnel tel qu'il existe depuis le xviiie siècle. L'intrigue, la nécessité des personnages ou encore les portraits psychologiques sont autant de principes fictionnels qui sont remis en cause. Le roman s'interroge alors lui-même et nie les règles qui le guidaient jusque-là. Ce refus des conventions explique que beaucoup de nouveaux romanciers contestent leur appartenance à un même mouvement littéraire, chacun d'eux prenant des directions différentes.

Duras, dans l'écriture de *L'Amant*, emploie de nombreuses caractéristiques propres au Nouveau Roman participant de l'art de la déconstruction :

- le roman, publié aux Éditions de Minuit, comme beaucoup d'œuvres respectant cette esthétique nouvelle, met en scène des personnages dont les particularités importent peu. D'ailleurs, le lecteur ne connait pas les noms des protagonistes principaux. Seul celui du petit frère, Paulo, est prononcé une seule fois. Par contre, les personnages secondaires voient leur nom dévoilé. C'est le cas des personnes qui accueilleront la narratrice durant sa vie à Paris : Marie-Claude Carpenter, Betty Fernandez ou encore son mari Ramón Fernandez (écrivain et journaliste français, 1894-1944). Ce sera également le cas d'Hélène Lagonelle dont le nom se transforme parfois en initiales : H.L. De même, les personnages principaux de l'intrigue sont dénués de caractéristiques, alors que les personnages secondaires sont davantage détaillés ;

- le jeu de l'énonciation, caractérisé par un passage de la première à la troisième personne du singulier, perd le lecteur qui ne sait plus s'il doit faire une dissociation entre narrateur, personnage et auteur. Cette technique participe d'une volonté du Nouveau Roman d'interroger constamment le narrateur sur sa fonction dans l'histoire (Pourquoi raconte-t-il ? Quelle est sa véritable place dans la narration ?) ;

- l'intrigue du roman n'est pas clairement définie. Cela a pour conséquence qu'il n'y a pas de chronologie stricte, ce qui donne au récit un caractère éclaté, fragmentaire. Certaines scènes sont décrites avec minutie alors que d'autres, dont on sait qu'elles ont eu lieu, sont totalement passées sous silence. Les ellipses se mêlent aux pauses, aux répétitions et aux analepses (retours en arrière), forçant le lecteur à réaliser un travail afin de restructurer l'histoire. La vie de la narratrice à Paris, par exemple, est presque entièrement passée sous silence (ellipse) ; les moments passés dans la garçonnière du Chinois à faire l'amour sont décrits avec minutie, donnant l'impression que le temps s'arrête (pause) ; la rencontre sur le bac du Chinois et de la jeune fille est rapportée à plusieurs reprises (répétition). En outre, presque l'ensemble de l'histoire constitue une analepse par laquelle la narratrice se souvient de son passé. Rompre la narration, utiliser les ellipses et casser la chaine logique des évènements permet à l'auteure de ne pas devoir expliquer ce qui est indicible et innommable.

Ces différentes caractéristiques supposent une participation active de la part du lecteur qui se voit parfois obligé de revenir en arrière dans sa lecture ou est supposé connaitre certains éléments appartenant à la culture de l'auteure.

UN ROMAN DE FORMATION

L'Amant peut être lu comme un roman de formation. L'histoire s'attache à un moment clé de la vie de la jeune fille : un rite de passage la menant vers l'âge adulte, à un nouveau visage qui ne changera presque plus durant sa vie. Ce passage symbolique débute par la traversée du fleuve qui coïncide également avec la rencontre de l'amant.

Un personnage contradictoire en quête d'une identité

La jeune fille apparait dans sa description comme marquée de contradictions : elle cherche encore à affirmer son identité. Tout ce qu'elle porte sont des « soldes soldés » (p. 19) ou sont des vêtements de seconde main. Elle garde cependant certaines traces de l'enfance dont font partie ses nattes et son odeur de savon. Les deux éléments nouveaux sont les chaussures « lamées d'or » et parsemées d'éclats brillants, qui indiquent déjà son attrait pour la richesse, et son chapeau d'homme, qui montre son envie de se démarquer. C'est parce que ce dernier va à l'encontre des normes posées par la société, qu'il les provoque – tout comme le maquillage et la robe de soie presque transparente – qu'il est nécessaire à sa tenue, qui illustre bien la volonté de se détacher de l'enfance.

La jeune fille semble donc être à la recherche d'une identité qui lui permettrait d'accéder à une indépendance, ce que lui offrira son amant.

La traversée du Mékong : un rite de passage

La traversée du Mékong est déterminante dans la formation de la narratrice, tout y est déjà annoncé. En effet, symboliquement déjà, elle représente une rupture avec les origines familiales (la mère) puisqu'elle quitte la terre de Sadec pour aller vers Saigon. Le fait qu'elle traverse le bras d'un fleuve n'est pas non plus anodin : ce dernier pourrait être rapproché du Styx, fleuve des enfers païens que les morts doivent franchir. Le Mékong représente également une étape dangereuse guidant la jeune fille vers son destin : ses eaux, dangereuses et dévastatrices, renvoient à un autre élément liquide qui pourrait être l'alcool, aux origines du visage ridé et détruit de la narratrice. Ce voyage initiatique sur le fleuve lui permet de rencontrer son guide qui la mènera à l'indépendance : l'amant de Cholen. Mais le fleuve annonce également l'issue tragique de leur histoire vouée au néant :

durant la traversée, la jeune fille a peur d'être emportée par la mer (p. 17) :

> « Dans le courant terrible, je regarde le dernier moment de ma vie. Le courant est si fort, il emporterait tout [...]. » (p. 18)

La traversée est donc présentée comme un rite de passage, une initiation : elle y rencontre l'amant qui lui fera découvrir ses premiers émois amoureux, qui lui donnera accès à l'argent et plus tard à une émancipation (elle sera contrainte de partir pour l'Europe, à nouveau par voie navale, leur relation étant refusée par le père du Chinois et mal vue par la société). Elle quitte donc une terre de misère pour naviguer sur les voies du plaisir. Mais cette traversée se solde par l'échec de la relation avec l'amant, un amour qu'elle sacrifie et jette dans le fleuve pour pouvoir grandir.

Voyage vers une destinée

Le roman montre l'évolution de la jeune fille qui part de l'enfance pour devenir la personne qui narre son histoire. Son évolution est marquée par trois grandes étapes :

- elle s'oppose au cadre qui est le sien, en l'occurrence à sa mère et à la société, afin d'atteindre son idéal, à savoir l'indépendance et l'écriture ;
- elle vit une expérience déterminante pour sa vie, la découverte de la sexualité et du plaisir lui donnant également accès à la richesse de l'amant ;
- elle parvient à ses fins en obtenant ce qu'elle désirait.

Au cours de ce cheminement, la jeune fille rencontre des

obstacles (par les opposants que sont la mère, le frère, l'internat), un adjuvant (l'amant), et des modèles comme Marie-Claude Carpenter ou Betty Fernandez.

Il s'agit donc bien en partie d'un roman de formation : la narratrice fait un constat sur sa personne en décrivant le moment où elle a changé et a commencé à devenir celle qu'elle est maintenant. Tout s'est joué lors de la traversée du fleuve, rite de passage vers une identité alors en construction.

Toutefois, contrairement à la tradition du roman de formation qui se veut bien souvent instructeur pour le lecteur, le but est ici de se rappeler du point culminant où tout a basculé, ce qui donne une tonalité tragique au récit. En effet, son destin s'est déjà accompli lorsque l'histoire est racontée et sa fin (le visage dévasté) est inévitable : ce moment annonce déjà son départ pour l'Europe.

UNE ÉCRITURE DE SOI

L'Amant apparait comme une forme de récit autobiographique, un fait que revendique rapidement l'auteure. En effet, de nombreux éléments coïncident avec son identité : la narratrice qui raconte son histoire est également écrivaine et a vécu, tout comme Marguerite Duras, en Indochine. Le personnage du frère cadet a le même nom que celui de l'auteure. Enfin, les deux instances semblent se confondre dans la narration, puisque, à plusieurs reprises, l'écriture du livre est mentionnée : « Je me souviens, à l'instant même où j'écris » (p. 77), ce qui prouve que celle qui narre est aussi celle qui écrit. Les conditions pour qualifier l'œuvre de récit autobiographique semblent donc bien présentes.

Pour autant, cette parenté peut être mise en question : l'auteure correspond-elle au jeune personnage décrit ? Philippe Lejeune (universitaire français spécialiste de l'autobiographie, né en 1938), dans *Le pacte autobiographique*, qualifie l'autobiographie comme un « récit rétrospectif en prose qu'une personne réelle fait de sa propre existence, lorsqu'elle met l'accent sur sa vie individuelle, en particulier sur l'histoire de sa personnalité » (p. 14).

Cela semble correspondre, mais rien n'est pour autant confirmé directement par le narrateur, qui, à aucun moment, ne se révèle de manière directe comme étant l'auteur.

Un deuxième élément vient également semer le doute chez le lecteur : lors de sa publication, Marguerite Duras a revendiqué *L'Amant* comme un roman avant de se rétracter, le voyant sous un nouvel angle après les questions soulevées par la critique, et de le définir comme une recherche de son passé. Le roman est un genre littéraire incarnant par essence la fiction. En effet, il est généralement défini comme un récit de fiction en prose, une création. Et si fiction il y a, on peut contester le réel et du même fait une essence purement autobiographique.

Il y à la fois une parenté de l'histoire avec la vie de l'auteur et des éléments dévoilant une part importante de fiction :

- hormis le « jeune frère » Paulo, les personnages ne sont pas nommés. Ainsi, l'auteure laisse planer un doute quant à la réalité des faits évoqués : le réel est brouillé et sert de base à la fiction ;
- la narratrice décrit certes une image, une photographie

inexistante, un évènement sur lequel elle ne s'est jamais arrêtée, qu'elle n'a jamais sauvegardé, et pourtant à partir duquel tout commence, une scène qui apparait bien dans le roman qu'elle souhaitait d'ailleurs appeler *La Photographie absolue puis L'Image absolue*. Mais s'il y a une inspiration autobiographique, invention, renaissance et création sont également présentes pour remanier le passé selon son envie : l'auteure tente de reconstituer une image, floue dans ses souvenirs.

> « C'est au cours de ce voyage que l'image se serait détachée, qu'elle aurait été enlevée de la somme. Elle aurait pu exister, une photographie aurait pu être prise, comme une autre, ailleurs, dans d'autres circonstances. Mais elle ne l'a pas été. L'objet était trop mince pour la provoquer. » (p. 16-17)

Il y a donc à la fois une part autobiographique que le lecteur identifie sans mal, et une part fictionnelle qui, si l'on creuse un peu plus, devient plus évidente. En effet, le personnage de Hélène Lagonelle n'a jamais existé selon Laure Adler (journaliste et écrivaine française, née en 1950), qui prend le journal intime de l'auteure comme point d'appui. De même, l'amant était, d'après les écrits intimes de Marguerite Duras durant sa jeunesse, une figure repoussante qui lui faisait peur et qu'elle côtoyait non pas pour elle mais d'après les directives de sa mère, afin que ce dernier lui donne de l'argent. Si, dans le roman, la jeune fille entretient très vite une relation charnelle avec lui, Marguerite se refusait à aller aussi loin avec lui et ne l'aurait fait qu'une seule fois, avant son départ pour la France. On pourrait donc parler d'auto-fiction, c'est-à-dire d'un récit rétrospectif en prose que fait l'auteur en « fictionnalisant » la réalité, en modifiant certains éléments : on identifie le personnage comme l'auteure et la narratrice, mais, pour autant, les faits évoqués, s'ils s'inspirent de la réalité, sont altérés volontairement. Il s'agit donc d'un récit fictionnel à inspiration autobiographique.

UNE QUÊTE IDENTITAIRE

Si l'auteure ne s'identifie pas exactement comme étant le personnage du roman, la jeune fille lui permet de revenir sur son passé et de retrouver des souvenirs.

Photographier le souvenir par l'écriture

Grâce à ses souvenirs et à la fiction, l'auteure tente de capter une photographie manquante à son album, un récit absent de ses romans, une image floue que l'écriture l'aide à saisir. Cette tentative est visible notamment par un style fragmenté et morcelé :

> « Que je vous dise encore, j'ai quinze ans et demi.
> C'est le passage d'un bac sur le Mékong.
> L'image dure pendant toute la traversée du fleuve. » (p. 11)

La narration se fait par une succession de phrases courtes, capturant un détail, se focalisant sur un point, sollicitant même l'imagination du lecteur en entamant un dialogue par l'emploi du pronom « vous », renvoyant à un récepteur. Plus qu'un souvenir précis, c'est une « image » qui reste lointaine et qu'il faut préciser, une photo dont aucune sauvegarde n'a été faite. L'écriture semble ici permettre de sauvegarder l'élément manquant, voire de le redire en le créant.

Réécrire pour mieux saisir

L'auteure annonce qu'elle tentera d'évoquer, à travers ce roman, l'élément manquant des « histoires de [s]es livres qui se rapportent à [s]on enfance » (p. 38), en réécrivant le cadre, en la reconstruisant. La répétition devient l'élément clé de cette reconstruction, mise en valeur par l'anaphore « Que je vous dise encore ». Elle modifie son passé pour en donner une version nouvelle, s'arrêtant sur un moment précis :

> « Ce n'est donc pas à la cantine de Réam, vous voyez, comme je l'avais écrit, que je rencontre l'homme riche à la limousine noire [...]. » (p. 36)

Le souvenir devient hypothétique et bascule dans la fiction qui devient le moyen de le saisir, de le rendre plausible : « Voilà ce qui a dû arriver » (p. 20).

Le fait de solliciter le lecteur à répétition par l'emploi de la deuxième personne du pluriel (« que je vous dise encore », p. 11, « vous voyez », p. 36), montre également un besoin de se justifier, de rectifier ce qui a déjà été dit et de se faire comprendre. Cependant, cet appui sème également le doute chez le lecteur : ce qui remet en cause le passé de sa vie s'appuie sur un élément totalement recomposé par l'écriture.

Renaitre par l'écriture

Plus qu'une recherche identitaire de son passé, c'est également à la recherche de son identité littéraire que part l'auteure. Le roman est d'ailleurs ponctué par cette envie d'écrire : la narratrice évoque l'acte d'écriture, sa volonté de devenir écrivaine. Le souvenir qu'elle donne d'elle n'est plus si fidèle à la réalité et est évoqué à la troisième personne du singulier (« la jeune fille »).

Ainsi, l'*experiment* de la jeune fille peut être mis sur le même plan que l'expérience de l'écriture par l'auteure. L'amant, s'il n'a pas été un objet de désir dans sa vie, est ici symbolique, fondateur, et lui offre un chemin vers l'écriture – c'est d'ailleurs lui qui donne son titre au roman.

Enfin, il nous faut noter que si la réalité se retrouve remaniée par la fiction, elle permet à l'auteure de se créer un nouveau visage – toujours dévasté, certes, mais dont l'histoire est plus symbolique et plus poétique. En effet, comme le soulève Laure Adler dans sa biographie de Marguerite Duras :

> « Marguerite rêve à voix haute de ce qu'aurait pu, de ce qu'aurait dû être son histoire d'adolescence. » (*Marguerite Duras*, p. 517)

La réécriture, la création d'une version nouvelle de son identité, permet à l'auteure de mettre certains points en relief et de rejeter la réalité, de la dénoncer, mais aussi de l'accepter en l'altérant : elle prend le pouvoir sur le passé.

L'AMANT, UNE RÉALITÉ RENVERSÉE

Cette prise de pouvoir lui permet d'affirmer des convictions, de prendre une revanche sur son passé : l'amant, qui dans la vie de l'auteure a été l'objet de dégout dont la fréquentation a été incitée par la mère afin de lui apporter de l'argent (d'après Adler L., *Marguerite Duras*), est ici le choix de la jeune fille, même si sa mère le provoque indirectement en acceptant sa « tenue d'enfant prostituée » (p. 33). Le rejet que cet homme lui inspire dans la réalité devient désir dans le roman – il est rendu désirable pour le plaisir qu'il procure à la jeune fille, mais aussi pour son argent.

Vis-à-vis d'elle, il n'est plus en position de force mais de faiblesse, esclave de son amour. Il subit les décisions de la jeune fille :

- lors de leur rencontre, il est décrit comme timide et attend un signal de sa part pour réellement être entreprenant ;
- il accepte le fait qu'elle ne l'aime pas, même s'il en souffre ;
- il est là pour lui apporter quelque chose et non pour recevoir, lui offrant amour, argent et, à son détriment, émancipation.

Sa présence ici n'est là que pour faire franchir une étape à la jeune fille, il est la photographie manquante, ce prétexte à l'écriture, le centre de la reconstruction du passé. Cette prise de pouvoir sur l'amant peut donc également se lire, d'un point de vue biographique, comme une revanche sur le passé qu'a connu l'auteure.

Enfin, cette figure de l'amant peut être rapprochée ici du divin, de Dieu. En effet, lorsque la narratrice évoque leur relation, elle parle « d'approfondir sa connaissance de Dieu ». Ainsi, la passion n'est pas celle de Dieu, mais de l'amant. Dieu, qui n'existe pas chez Marguerite Duras, est remplacé par l'amour, le péché, le rejet des conventions et normes.

Toutefois, si Dieu est remplacé par l'amour, ce dernier apparait également comme voué à l'échec : les deux personnages sont trop éloignés socialement et, dès leur rencontre, la jeune fille se refuse à aimer le Chinois de Cholen. Quand elle prend conscience que leurs sentiments sont peut-être réciproques, elle part pour la France : il est alors trop tard. Cet amour, cette inexistence de Dieu sera ce qui provoquera et justifiera l'arrivée de ce visage « dévasté » : Dieu et l'amour sont remplacés par l'alcool, aussi destructeur que les eaux du Mékong.

L'Amant peut donc aussi se lire comme un rejet du passé qui se trouve réinventé, prend sa revanche et donne une identité nouvelle à l'auteure qui, par le moyen de l'écriture, l'explore et le sublime.

PISTES DE RÉFLEXION

QUELQUES QUESTIONS POUR APPROFONDIR SA RÉFLEXION...

- Dans quelle mesure peut-on affirmer que *L'Amant* est une réécriture d'*Un barrage contre le Pacifique* ?
- En quoi l'écriture de Marguerite Duras permet-elle de dire l'indicible ?
- Pensez-vous que la jeune fille soit soumise à son amant ou qu'elle exerce au contraire son pouvoir sur l'homme ? Justifiez.
- Pourquoi peut-on affirmer que la mère de la narratrice joue un jeu ambigu basé sur des non-dits ? Donnez des exemples.
- Dans quelle mesure pourrait-on qualifier *L'Amant* d'autofiction ?
- *L'Amant* devait initialement s'intituler *La Photographie absolue*. Comment expliquez-vous ce titre ?
- Duras, comme les nouveaux romanciers, utilise l'art de la déconstruction. Expliquez en quoi cela consiste et quel en est l'effet.
- D'un point de vue strictement formel, quelles différences peut-on relever entre *L'Amant* et *L'Amant de la Chine du Nord*, sa réécriture ?
- Pourquoi peut-on affirmer que l'écriture de *L'Amant* constitue une forme d'exorcisme pour Duras ?
- L'adaptation cinématographique de *L'Amant* a déplu à Marguerite Duras. À votre avis, pourquoi ? Quels choix auriez-vous faits si vous aviez dû effectuer cette adaptation tout en respectant l'œuvre de l'auteure ?

Votre avis nous intéresse !
Laissez un commentaire sur le site de votre librairie en ligne
et partagez vos coups de cœur sur les réseaux sociaux !

POUR ALLER PLUS LOIN

ÉDITION DE RÉFÉRENCE

- Duras M., *L'Amant*, Paris, Éditions de Minuit, 1984.

ÉTUDES DE RÉFÉRENCE

- Adler L., *Marguerite Duras*, Paris, Gallimard, 1998.
- Colonna V., *Autofiction & autres mythomanies littéraires*, Auch, Éditions Tristram, 2004.
- Genette G., *Figures III*, Paris, Éditions du Seuil, coll. « Poétique », 1972.
- Hamont P. et Roger-Vasselin D. (dir.), *Le Robert des grands écrivains de langue française*, Paris, Le Robert, 2000.
- Lejeune P., *Le pacte autobiographique*, Paris, Seuil, coll. « Poétique », 1975.
- « Marguerite Duras, visages d'un mythe », in *Le Magazine littéraire*, n°452, avril 2006, p. 30-65.
- « Marguerite Duras », in *Le Magazine littéraire*, n°513, novembre 2011, p. 48-85.

ADAPTATION

- *L'Amant*, film de Jean-Jacques Annaud, avec Jane March, Tony Leung Ka-Fia et Frédérique Meininger, France, 1992.

Cette adaptation cinématographique ne satisfait pas Marguerite Duras qui met fin à sa collaboration avec le réalisateur.

RÉÉCRITURE DU TEXTE

- DURAS M., *L'Amant de la Chine du Nord*, Paris, Gallimard, 1991.

Ayant appris le décès de son amant chinois et déçue par l'adaptation de son roman au cinéma, l'auteure décide de réécrire *L'Amant* afin de se réapproprier son histoire. Le livre parait juste avant la sortie en salle du film.

SUR LEPETITLITTÉRAIRE.FR

- Commentaire de l'incipit de *L'Amant*.
- Fiche de lecture sur *Le Ravissement de Lol V. Stein* de Marguerite Duras.
- Fiche de lecture sur *Un barrage contre le Pacifique* de Marguerite Duras.

Retrouvez notre offre complète sur lePetitLittéraire.fr

- des fiches de lectures
- des commentaires littéraires
- des questionnaires de lecture
- des résumés

ANOUILH
- Antigone

AUSTEN
- Orgueil et Préjugés

BALZAC
- Eugénie Grandet
- Le Père Goriot
- Illusions perdues

BARJAVEL
- La Nuit des temps

BEAUMARCHAIS
- Le Mariage de Figaro

BECKETT
- En attendant Godot

BRETON
- Nadja

CAMUS
- La Peste
- Les Justes
- L'Étranger

CARRÈRE
- Limonov

CÉLINE
- Voyage au bout de la nuit

CERVANTÈS
- Don Quichotte de la Manche

CHATEAUBRIAND
- Mémoires d'outre-tombe

CHODERLOS DE LACLOS
- Les Liaisons dangereuses

CHRÉTIEN DE TROYES
- Yvain ou le Chevalier au lion

CHRISTIE
- Dix Petits Nègres

CLAUDEL
- La Petite Fille de Monsieur Linh
- Le Rapport de Brodeck

COELHO
- L'Alchimiste

CONAN DOYLE
- Le Chien des Baskerville

DAI SIJIE
- Balzac et la Petite Tailleuse chinoise

DE GAULLE
- Mémoires de guerre III. Le Salut. 1944-1946

DE VIGAN
- No et moi

DICKER
- La Vérité sur l'affaire Harry Quebert

DIDEROT
- Supplément au Voyage de Bougainville

DUMAS
- Les Trois
Mousquetaires

ÉNARD
- Parlez-leur
de batailles,
de rois et
d'éléphants

FERRARI
- Le Sermon sur la
chute de Rome

FLAUBERT
- Madame Bovary

FRANK
- Journal
d'Anne Frank

FRED VARGAS
- Pars vite et
reviens tard

GARY
- La Vie devant soi

GAUDÉ
- La Mort du
roi Tsongor
- Le Soleil des
Scorta

GAUTIER
- La Morte
amoureuse
- Le Capitaine
Fracasse

GAVALDA
- 35 kilos d'espoir

GIDE
- Les
Faux-Monnayeurs

GIONO
- Le Grand
Troupeau
- Le Hussard
sur le toit

GIRAUDOUX
- La guerre de
Troie
n'aura pas lieu

GOLDING
- Sa Majesté des
Mouches

GRIMBERT
- Un secret

HEMINGWAY
- Le Vieil Homme
et la Mer

HESSEL
- Indignez-vous !

HOMÈRE
- L'Odyssée

HUGO
- Le Dernier Jour
d'un condamné
- Les Misérables
- Notre-Dame
de Paris

HUXLEY
- Le Meilleur
des mondes

IONESCO
- Rhinocéros
- La Cantatrice
chauve

JARY
- Ubu roi

JENNI
- L'Art français
de la guerre

JOFFO
- Un sac de billes

KAFKA
- La Métamorphose

KEROUAC
- Sur la route

KESSEL
- Le Lion

LARSSON
- Millenium I. Les
hommes qui
n'aimaient pas
les femmes

LE CLÉZIO
- Mondo

LEVI
- Si c'est un
homme

LEVY
- Et si c'était vrai…

MAALOUF
- Léon l'Africain

MALRAUX
• La Condition
humaine

MARIVAUX
• La Double
Inconstance
• Le Jeu de l'amour
et du hasard

MARTINEZ
• Du domaine
des murmures

MAUPASSANT
• Boule de suif
• Le Horla
• Une vie

MAURIAC
• Le Nœud
de vipères

MAURIAC
• Le Sagouin

MÉRIMÉE
• Tamango
• Colomba

MERLE
• La mort est
mon métier

MOLIÈRE
• Le Misanthrope
• L'Avare
• Le Bourgeois
gentilhomme

MONTAIGNE
• Essais

MORPURGO
• Le Roi Arthur

MUSSET
• Lorenzaccio

MUSSO
• Que serais-je
sans toi ?

NOTHOMB
• Stupeur et
Tremblements

ORWELL
• La Ferme
des animaux
• 1984

PAGNOL
• La Gloire de
mon père

PANCOL
• Les Yeux jaunes
des crocodiles

PASCAL
• Pensées

PENNAC
• Au bonheur
des ogres

POE
• La Chute de la
maison Usher

PROUST
• Du côté de
chez Swann

QUENEAU
• Zazie dans
le métro

QUIGNARD
• Tous les matins
du monde

RABELAIS
• Gargantua

RACINE
• Andromaque
• Britannicus
• Phèdre

ROUSSEAU
• Confessions

ROSTAND
• Cyrano de
Bergerac

ROWLING
• Harry Potter à
l'école des sor-
ciers

SAINT-EXUPÉRY
• Le Petit Prince
• Vol de nuit

SARTRE
• Huis clos
• La Nausée
• Les Mouches

SCHLINK
• Le Liseur

www.lepetitlitteraire.fr

ISBN version numérique : 978-2-8062-9149-3
ISBN version papier : 978-2-8062-9150-9
Dépôt légal : D/2016/12603/886

Avec la collaboration d'Apolline Boulanger pour l'analyse de la narratrice, du Chinois de Cholen, du frère ainé, de Paulo et des personnages secondaires, ainsi que pour les chapitres « Un roman de formation », « Une écriture de soi », « Une quête identitaire » et « *L'Amant*, une réalité renversée ».

Conception numérique : Primento,
le partenaire numérique des éditeurs.

Ce titre a été réalisé avec le soutien de la Fédération Wallonie-Bruxelles, Service général des Lettres et du Livre.